39,764

DON PROCOPIO

OPÉRA-BOUFFE

EN DEUX ACTES

d'après les Comédies italiennes du XVIIe et du XVIIIe siècles

PAR

Paul COLLIN et Paul BÉREL

MUSIQUE DE

Georges BIZET

Révision musicale par Charles MALHERBE

Prix : UN franc net

CHOUDENS, ÉDITEUR

30 — Boulevard des Capucines — 30

PARIS

1905

DON PROCOPIO

Opéra-Bouffe en deux actes

Représenté pour la première fois sur le
Théâtre de Monte-Carlo, le 6 mars 1906.

———

Direction de M. Raoul GUNSBOURG

———

TEXTES FRANÇAIS ET ITALIEN

DON PROCOPIO

OPÉRA-BOUFFE

EN DEUX ACTES

d'après les Comédies italiennes du XVII* et du XVIII* siècles

PAR

PAUL COLLIN ET PAUL BÉREL

MUSIQUE DE

GEORGES BIZET

Révision musicale par CHARLES MALHERBE

D'après le mélodrame de CARLO GAMBIAGGIO

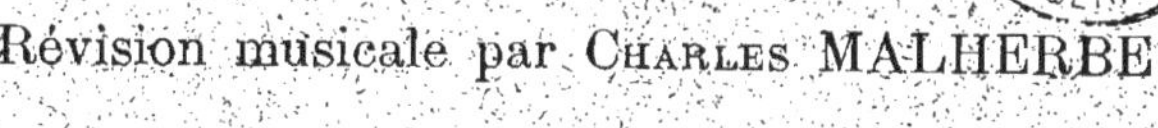

Prix : UN franc net

CHOUDENS, ÉDITEUR

30 — BOULEVARD DES CAPUCINES — 30

PARIS

1905

PERSONNAGES

DON PROCOPIO, vieil avare................ BARYTON-BOUFFE.
DON ODOARDO, officier, amoureux de
  Bettina..,.............................., TÉNOR.
DON ERNESTO, frère de Bettina........ BARYTON.
DON ANDRONICO, oncle de Bettina..... 2ᵉ BASSE.
PASQUINO, serviteur de Don Andronico 1ʳᵉ BASSE.

DONNA BETTINA, nièce de Don Andro-
  nico............................/... 1ᵉʳ SOPRANO.
DONNA EUFEMIA, femme de Don An-
  dronico....................,........., 2ᵉ SOPRANO.

Invités. — Domestiques. — Servantes.

La scène se passe dans la maison de campagne de Don
Andronico, vers 1800, en Italie.

PERSONAGGI

DON PROCOPIO, vecchio avaro............
DON ODOARDO, ufficiale, amoroso di
    Bettina.......................... TENORE.
DON ERNESTO, fratello di Bettina..... BARITONO.
DON ANDRONICO, zio di Bettina...... 2° BASSO.
PASQUINO, domestico di Don Andronico 1° BASSO.

DONNA BETTINA, nipote di Don An-
    dronico.......................... 1° SOPRANO.
DONNA EUFEMIA, moglie di Don An-
    dronico.......................... 2° SOPRANO.

Invitati. — Domestici. — Cameriere.

La scena ha luogo nella casa di campagna di Don Andronico,
verso il 1800, in Italia.

DON PROCOPIO

PREMIER ACTE

Le théâtre représente le jardin de la maison de campagne de
Don Andronico. A droite, pavillon avec balcon. Vue sur la
campagne et colline praticable.

SCÈNE PREMIÈRE

N° 1.—*INTRODUCTION, CHŒUR et SCÈNE*

LE CHŒUR DES SERVITEURS

C'est charmant, nouveau ménage,
Quand tous deux on a même âge...
Mais quand une jeune fille épouse un vieux,
C'est bien scabreux;
C'est peu sage, très peu sage et périlleux.
C'est dommage, grand dommage;
C'est bien scabreux
Et périlleux.

PREMIER SOPRANO

Quand un vieux barbon contracte mariage,
Il doit redouter maints accidents fâcheux;
Il s'expose, c'est certain,
Aux malices du destin.

DON PROCOPIO

1° ATTO

*Il teatro rappresenta il giardino della casa di campagna
di don Andronico. A destra, padiglione con balcone. Vista
sulla campagna e collina praticabile.*

SCENA 1

N° 1. — *INTRODUZIONE, CORO E SCENA*

CORO DI DOMESTICI

Gran piacer son gli sponsali,
Quando i sposi sono uguali;
Ma un vecchiaccio a una ragazza
Maritare è crudeltà.

1° SOPRANO

Se la sposa non impazza
Per lo meno creperà.

CHŒUR

C'est charmant, nouveau ménage, etc...

TÉNORS

Mais, silence !
Monsieur s'avance !

LE CHŒUR

Silence !
Taisons-nous, chut ! Silence !

SCÈNE II.

LES MÊMES, DONNA EUFÉMIA, DON ANDRONICO
(Ils entrent en se disputant.)

EUFÉMIA

Mais vous n'êtes que son oncle,
Obstiné comme une mule...

ANDRONICO

Seul, ici, je suis le maître ;
Je le suis et je veux l'être.

EUFÉMIA

Vous n'êtes qu'un vieil avare,
Tout le monde le déclare ;
Votre nièce est la victime
De votre amour de l'argent.

TENORI

Ma silenzio!
Ecco il padrone!

CORO

Silenzio!
Sì... sì... si!.. Silenzio!

SCENA II

GLI STESSI, DONNA EUFEMIA, DON ANDRONICO
(Entrano discutendo.)

EUFEMIA

Voi non siete che suo zio,
Siete un tanghero ostinato.

ANDRONICO

Ma il padron voglio esser io
Ma lo sposo è destinato.

EUFEMIA

Ma a un vecchio ed un avaro
Ognuno vede chiaro,
Che la nipote nostra
Si vuol sagrificar.

ANDRONICO

Quant à moi, je le déclare,
Ce mariage me plaît
Tout à fait.

EUFÉMIA

Vous n'êtes qu'un vieil avare,
Un tyran sombre et barbare,
Et, de plus, je le déclare,
Un homme inintelligent.

LE CHŒUR

On dirait qu'on se dispute ;
Ça devient très amusant.

ANDRONICO

Vous perdez votre peine.
La résistance est vaine ;
Car j'ai fait choix d'un homme,
Très opulent en somme,
D'humeur calme et tranquille
   Et d'esprit sérieux.
Un jouvenceau, sans doute,
Serait mieux selon vous ;
Mais j'ai plus de sagesse,
Et sais que la jeunesse
Dissipe, en un instant,
Le bel argent comptant ;
   Et que, souvent,
   Du plus grand bien,
   Au bout d'un an,
   Ne reste rien.
Vous parlez comme une folle.
   Moi, je sais
   Ce que je fais !

ANDRONICO

Questa volta il mio volere
Voglio fatto e si farà.

EUFEMIA

Ma a un vecchio ed un avaro
Ognuno vede chiaro
Che la nipote nostra
Si vuol sagrificar.

CORO

Quel che dicon di sapere
Avrei gran curiosità.

ANDRONICO

In somma, o mia signora,
S'oppone inutilmente;
Mi sembra che un tal sposo
Sia più che sufficiente;
E ricco e facoltoso.
   E questo può bastar.
Vorreble darla a un giovane?
Capisco; ma è un inganno.
Non voglio che la dote
Si mangi in men d'un anno.
Lei pensa assai da pazza
Se vuol che la ragazza
   Con un zerbin spiantato-
   Avessi a maritar.
   Io son matricolato.
   So ben quel che ho da far.

EUFÉMIA

Mais je parle... à quoi bon ?
Il a perdu la raison ;
Jamais il n'en voudra démordre.

LE CHŒUR

Que la baronne parle bien ! (*Bis.*)

EUFÉMIA

Pour une fille si fraîche et si jolie,
Ce vieil époux, quelle folie !
C'est un vrai crime
Dont la victime
Fait pitié !

LE CHŒUR

Que la baronne parle bien !
Certes, elle a raison,
Elle a cent fois raison,
A bas le vieux barbon !

ANDRONICO

Bavarde ! Impudente !
Il faut vous taire enfin !
Voilà bien les femmes,
Comment les contenter ?
Creusez-vous donc la tête
Pour leur chercher un époux.
Et quand il est trouvé,
Jamais il n'est selon leur goût :
L'un est trop grand de taille,
Et l'autre pas assez ;
Le premier est trop maigre,
Et le second trop gras.
S'il a belle figure,
Il n'a plus de cheveux,
Ou bien dans son allure

EUFEMIA

A un uom senza ragione
È inutile il parlar.

CORO

La baronessa sa parlar,

EUFEMIA

A un avaro, a un finanziere
Poverina fa pietà...

CORO

La baronessa alfine con garbo
Sa parlar

ANDRONICO

Tacete, si tacete!
Non statemi a seccar.
Cosa son mai le femine!
Non posso indovinar.
Di e notte si affaticano
Lo sposo a ricercar.
E quando poi lo trovano,
Si voglion far pregar!
È questo troppo giovane,
E troppo vecchio l'altro;
Costui lo chiaman stolido,
Quest'altro troppo scaltro.
Non vogliono sia pallido;
Il rosso non li piace;
Del grasso si spaventano;

Paraît disgracieux :
Jamais, avec les femmes,
On ne peut arriver en paix ;
Mais je prétends faire et ferai
Tout à mon gre !

LE CHŒUR

Eh ! mais, monsieur se fâche et tout va se gâter ;
Rien ne peut plus les arrêter.
C'est amusant
Vraiment !...

———

SCÈNE III

Les Mêmes, PASQUINO, puis DON PROCOPIO

PASQUINO, accourant.

Messieurs, voyez-vous pas
Au grand galop, là-bas ?
Un brillant équipage
S'approche de ces lieux.

ANDRONICO

C'est notre ami, je gage ;
J'en ai le cœur joyeux.

ENSEMBLE

EUFÉMIA

Ah ! tout cela m'agace,
A quoi bon discuter ?
Je quitte enfin la place.
Non, non ! je ne veux plus vous écouter.

Il magro le dispiace.
  Insomma sono fatte
Per far, sì, disperar.
Ma a modo mio per Bacco
  Adesso voglio far.

CORO

Riscaldasi il padrone,
Mi sembra un brutto affar.

SCENA III

GLI STESSI, PASQUINO, poi DON PROCOPIO

PASQUINO, accorrendo.

Signori, da lontano
Si vede un carrozzino,
Fra poco è a voi vicino,
  Vi vengo ad avvisar.

ANDRONICO

Ah! ah! questo è l'amico,
  Mi sento giubilar.

INSIEME

EUFEMIA

Non me ne importa un fico,
  Potesse rovesciar.
Se siete un sciocco, un matto,
  Non voglio più ascoltar.

ANDRONICO

Ah ! tout cela m'agace,
Et c'est trop discuter !
Il faut quitter la place ;
Non, non ! je ne veux plus vous écouter :

DON PROCOPIO, entrant.

Allons, pourquoi tous deux si fort vous disputer ?

LE CHŒUR

Ah ! sans rire on ne peut les écouter !...

ANDRONICO

Ah ! criez, pestez,
Tempêtez,
Fort bien,
Cela ne sert de rien.
A vous de me connaître !
Je ferai ma volonté
Ici je suis le maître,
J'entends être écouté.
Criez donc à votre aise,
Tempêtez à votre gré,
Cela, sachez-le bien,
Ne servira vraiment de rien.
Car moi je vous le jure,
Moi seul suis maître ici.
Je suis ici le maître,
Et j'entends être obéi.

EUFÉMIA

Vous pouvez pester, tempêter,
Avec moi, cela ne servira de rien
Non, sur ma foi !
Bettina ne va pas obéir

ANDRONICO

Già, quel che ho detto, ho detto.
M'impegno per dispetto.
Ma a modo mio voglio far
Sì sì sì, per Bacco!

DON PROCOPIO, entrando

Ma per pietà qui in pubblico
Non state a disputar.

CORO

Ah che del grande ridere
Mi sento già crepar.

ANDRONICO

Ah! Rodetevi!
Arrabbiatevi
Che nulla gioverà.
Non cedo questa volta,
Non cangio volontà.

EUFEMIA

Rodetevi!
Arrabbiatevi
Che nulla gioverà!
Bettina questa volta

De dépit voudra mourir.
Vous pouvez pester, tempêter,
Avec moi cela ne servira de rien... etc.

PROCOPIO

Calmez-vous donc, ne faites pas
Devant ces gens tant de fracas;
Nous en reparlerons plus tard, ⎰ *bis.*
Tranquillement, plus à l'écart. ⎱

LE CHŒUR

Éloignons-nous discrètement,
Laissons-les crier librement,
Plus tard, nous saurons bien comment
Se conclura l'événement.
   Oui, oui, oui, plus tard,
Nous saurons bien comment
S'achèvera l'événement;
Retirons-nous discrètement.
Qu'ils se chamaillent libremeut,
Nous attendons le dénouement,
Sortons, sortons discrètement.

SCÈNE IV

ANDRONICO, EUFÉMIA, ERNESTO

Nº 1 *bis. RÉCIT*

ANDRONICO, apercevant Ernesto qui arrive en habits de voyage.

Ernesto !

EUFÉMIA

Mon neveu !

?... lo crepera.

PROCOPIO

Calmatevi!
Guardatevi!
D'usar pubblicità,
Con flemma un'altra volta
Di più si parlerà.

CORO

Scostiamoci!
Lasciamoli
In piena
Libertà
Già il tutto un pò alla volta
Col tempo si saprà.

SCENA IV

ANDRONICO, EUFEMIA, ERNESTO

N° 1 bis. — *RECITATIVO*

ANDRONICO, scorgendo Ernesto che arriva in abito da viaggio.

Ernesto!

EUFEMIA

Mio nipote,

(Si abbracciano.)

ANDRONICO., à part.

Quel contre-temps !

EUFÉMIA

C'est lui !

(Ils s'embrassent.)

ANDRONICO, à part.

Il est un peu trop tôt revenu de voyage.

ERNESTO, regardant autour de lui.

Et ma sœur Bettina ?...

ANDRONICO, avec un mélange d'embarras et d'ironie.

Toujours docile et sage...

(Avec importance.)

Avec don Procopio, justement aujourd'hui,
Elle va contracter un brillant mariage...

EUFÉMIA, bas à Ernesto.

A ce propos, je veux te parler, car j'enrage...
Et peut-être aurons-nous besoin de ton appui.

(Ils sortent ensemble à droite.)

ANDRONICO, à part.

De ce pas, je vais sans tapage
Rejoindre l'ami qu'on outrage.
Perdre un si beau parti serait vraiment dommage.

(Il sort.)

ANDRONICO, a parte.

Qual contrattempo.

EUFEMIA

È lui.

ANDRONICO, a parte.

Ei ritorna da viaggio
Un po troppo per tempo

ERNESTO, guardando attorno.

E mia sorella Bettina?

ANDRONICO, imbarrazzato e ironico.

Sempre docile e savia.

(Con importanza.)

Con don Procopio per l'appunto oggi stesso un brillante
contratto di nozze essa firma.

EUFEMIA, a Ernesto sotto voce.

Masuciò io voglio parlarti, son furiosa ; e bisogno del
tuo appoggio noi forse avrem.

(Eufemia si allontana con Ernesto.)

ANDRONICO

Pian pianin senza strepito vado a raggiunger l'amico
che oltraggiasi, perder si bel partito saria vero danno.

(Andronico esce.)

SCÈNE V

BETTINA sort du pavillon en lisant une lettre.

BETTINA

Odoardo m'écrit... Ah ! le tendre message
Qui vient heureusement distraire mon ennui.
Cher amant, ne crains rien, mon cœur n'est pas volage.

Nº 2. *AIR DE BETTINA*

En vain on croit nous désunir
    Par une loi barbare ;
Je veux plutôt cent fois mourir
    Avant qu'on nous sépare.
    Oui, je perdrai la vie
    S'il faut que je l'oublie ;
    Un doux serment nous lie
    Que je ne peux trahir
    Et je perdrai la vie
    Avant que je l'oublie.
    Plutôt que de te trahir,
    Je suis prête à mourir.
    En vain autour de moi
    L'envie ourdit sa trame ;
    Il a reçu ma foi,
    L'amour seul nous réclame,
    Et douce est à notre âme
    L'ardeur qui nous enflamme.
    Je veux être sa femme
    Et je suivrai sa loi.
    O mon amant fidèle,
    A l'aide je t'appelle,
    Viens donc me secourir.
Ah ! c'est en vain qu'on croit nous désunir.
    Mieux vaut perdre la vie ;
    S'il faut jamais que je l'oublie,
Plutôt mourir... plutôt cent fois mourir !

SCENA V

BETTINA esce dal padiglione leggendo una lettera.

BETTINA, sottovoce.

Odoardo mi scrive.
Ah! il tenero messaggio che vien felicemente a distrar-
re la mia noia. Non temer, caro amante, il mio cuore
è con te.

N° 2. — ARIA

Voler che sposi un vecchio,
    Che perda l'amor mio,
    Questo si chiama, o Dio!
    Un barbaro penar;
  Decisa son piuttosto
  Morir in questo instante,
  Che perdere l'amante,
  Il sospirato amor.
  Ho già giurato fede
A più felice oggetto;
  Per lui sento nel petto
    Il core palpitar.
Invan si cerca unirmi
  A chi giammai darei
D'amor gli affetti miei
    Nè un palpito del cor!

SCÈNE VI

BETTINA, EUFÉMIA, ERNESTO, ANDRONICO,
PROCOPIO, PASQUINO. On voit sur la colline s'avancer
DON ODOARDO, suivi de son régiment.

MARCHE GUERRIÈRE N° 3.

ANDRONICO

Quel bruit?

EUFÉMIA

Quel bruit?

ERNESTO

Ah! c'est lui, je pense?
Lui-même...

EUFÉMIA

Lui-même!

PASQUINO, accourant.

Hé! vous autres! le colonel arrive,
C'est son beau régiment qui s'avance.

ERNESTO, EUFÉMIA

O joie! O plaisir!..

BETTINA, avec une joie marquée, à part.

O joie! O plaisir!.. O douce espérance!

SCENA VI

BETTINA, EUFEMIA, ERNESTO, ANDRONICÓ,
PROCOPIO, PASQUINO.

(Vedesi sulla collina avanzarsi DON ODOARDO, seguito dal suo
reggimento.

MARCIA GUERRIERA, N° 3

ANDRONICO

Qual suon !..)

EUFEMIA

Qual suon!

ERNESTO

Ah! che mai veggio!
E desso !

EUFEMIA

È desso !

PASQUINO, accorendo.

Presto, presto! il colonello arriva.
Il suo bel reggimento si appressa.

ERNESTO, EUFEMIA

Oh! gioia!

BETTINA, a parte.

Oh gioia, oh! piacere !

2

ANDRONICO

Courons vite à sa rencontre.

TOUS

Courons ! courons ! courons !...

(Ils sortent, laissant don Procopio plein de dépit. En passant devant
lui, Bettina le toise avec un dédain moqueur.)

DON PROCOPIO, resté seul.

On me bafoue
Et l'on me floue !
Mais je ne suis pas dupe,
Malheureux don Procopio.
Elle aurait des millions en partage
Que je refuserais ce mariage.
Pour l'heure, silence !
Prudence !
Les voilà ! Diable ! diable !..

(Il se sauve par la droite.)

SCÈNE VII

BETTINA, ODOARDO, puis ERNESTO

BETTINA, entrant par la gauche avec Odoardo.

Moi... prendre pour époux don Procopio ? C'est là
Ce que mon oncle veut ?

ODOARDO

J'empêcherai cela.

ANDRONICO

Andiamo a veder l'amico!

TUTTI

Andiam, Andiam, Andiam!

(Escono, lasciando don Procopio pieno di dispetto; passandogli davanti
Bettina lo guarda ironicamente.)

DON PROCOPIO

Cosa mai sento
Io son burlato!
Qui finirla conviene
Povero don Procopio!
Non la voglio anche se avesse un milione
Quest'è la ferma mia resoluzione.
Ma zitto, silenzio,
Prudenza!
Eccoli! zitto! zitto!

(Esce dalla destra.)

———————

SCENA VII

BETTINA, ODOARDO, poi ERNESTO

BETTINA, entra con Odoardo da sinistra.

Io prender per marito
Don Procopio? è questo che vuole mio zio?

ODOARDO

Oppormi a ciò saprò

BETTINA

Et je mourrai plutôt. Ce vieux, comme la peste,
Je le fuis et je le déteste...

(Désignant Ernesto qui vient d'entrer.)

Contre lui, par bonheur, mon frère est avec moi.

ODOARDO, serrant la main d'Ernesto.

Eh bien ! que ferons-nous ? Car nous comptons sur toi.

TRIO N° 4.

BETTINA, ODOARDO, ERNESTO

BETTINA

D'avance le projet me tente
Et m'enchante.
La ruse est piquante,
Savante, excellente.
Marchons tous les trois sans entente
Apparente.
La lutte s'annonce émouvante
Et plaisante.
Ce vieil époux, je gage,
Bientôt pliera bagage ;
Chez lui plein de rage,
Il s'en retournera...
Bon voyage !
Je gage qu'en sa rage,
Il s'en ira ;
Vite il pliera bagage,
Et filera !

ERNESTO, à Bettina.

L'époux que l'on t'offre est un pingre, un avare,
Qui veut seulement empocher tes écus ;
Sois donc avec lui gracieuse et coquette.
Dis-lui que tu veux être belle et briller.

BETTINA

Piuttosto io morrò.
Quel vecchio come la peste io lo fuggo e lo detesto,
contro di lui, o gioja, mio fratello è con me.

ODOARDO

Ebbene che farem? poichè noi contiam su te.

TRIO N° 4

BETTINA, ODOARDO, ERNESTO

BETTINA

Che caro progetto,
Grazioso pensiero!
Il core nel petto
Mi guiilbar.
Or venga lo sposo
Vecchiaccio, bilioso,
Scommetto che a casa
Dovrà ritornar,

ERNESTO

Lo sposo che arriva
E un sordido avaro.
Che sol pel danaro
Si vien ammogliar.

2.

Dis-lui qu'il devra, pour prix de sa conquête,
A toute dépense humblement se plier.
Dis-lui que tu veux voler de fête en fête,
Et suivant ton désir
De plaisir en plaisir ;
Alors, sans nul doute,
L'époux qu'on redoute
En pleine déroute,
Bien vite va fuir.

TRIO

BETTINA, ERNESTO, ODOARDO

Sans doute, bien vite,
L'avare va prendre la fuite
Bien vite il voudra partir,
D'avance ce projet me tente
Et m'enchante.
La ruse est piquante,
Savante,
Excellente.
Marchons tous les trois sans entente
Apparente,
La lutte s'annonce émouvante.
Et plaisante.
Le vieil époux, je gage,
Bientôt chez lui plein de rage,
Il s'en retournera,
Bon voyage !
Le sot personnage
Va plier bagage,
Et pour toujours disparaîtra,
Et chacun rira.

Tu devi col vecchio
Mostrarti graziosa,
E digli che sposa
Ti fai per brillar.
Carrozze, cavalli,
Conviti, brillanti,
Gran feste, gran balli,
In casa vuoi dar,
Vestiti in brocatto
Con lunga la coda,
Cambiando ogni moda
Vorrai rinnovar.
Sta certa, lo sposo,
Canuto e gottoso,
Lontan mille miglia
Vedremo scappar.

TRIO

BETTINA, ERNESTO, ODOARDO

Sta certa, la sposo
Canuto, gottoso
Vedremo scappar.
Che caro progetto
Grazioso pensiero!
Il core nel petto
Mi fà giubilar!
Or venga lo sposo
Vecchiaccio, bilioso,
Scommetto che a casa
Dovrà ritornar.

(Bettina esce con Odoardo.)

DON PROCOPIO

C'est cela. Le vieux filera!
Prudence!
Silence!

(Après le trio, Bettina sort avec Odoardo.)

SCÈNE VIII

N° 4 *bis*. *RÉCIT*

ERNESTO, PROCOPIO

ERNESTO

Je vois don Procopio qui vient de ce côté,
On dirait qu'il hésite, il a l'air emprunté.
Il se parle à lui-même... Admirable aparté!
Le voici! trouvons-nous par hasard sur sa route.

DON PROCOPIO, saluant Ernesto.

Monsieur!

ERNESTO, saluant.

Monsieur!

DON PROCOPIO

Croyez que je suis très flatté...

ERNESTO

Moi de même...

DON PROCOPIO

Je vous cherchais...

SCENA VIII

N° 4 bis. RECITATIVO

ERNESTO, DON PROCOPIO

ERNESTO

Io vedo Don Procopio che vien da questa parte.
Egli sembra esitante
Egli ha l'aria seccata.
Ei parla a sè stesso.
(Con ironia.) *Ammirabile a parte.*
Eccolo, Troviamoci, per azzardo, sul suo cammino.

DON PROCOPIO, salutando Ernesto.

Signore.

ERNESTO, salutando Don Procopio.

Signor.

DON PROCOPIO

Credete pur ch'io son felice.

ERNESTO

Io lo stesso.

DON PROCOPIO

Io vi cercavo.

ERNESTO

En vérité ?

DON PROCOPIO, timidement.

Excusez, s'il vous plait, ma curiosité,

(Mystérieusement.)

J'aurais voulu savoir... Votre sœur est charmante.

ERNESTO

On le trouve.

DON PROCOPIO

Et j'ajoute
Qu'elle doit, si j'en crois ce qu'on m'a rapporté,
Être riche...

ERNESTO

Riche ? Sans doute
En qualités comme en vertus.

DON PROCOPIO, désappointé.

Ah ! diable, j'aurais mieux aimé de bons écus

CAVATINE N° 5.

ERNESTO

Vraiment, elle est si belle,
Si douce et si fidèle !

ERNESTO

In verità ?

DON PROCOPIO, timidamente.

*Voi scusare vorrete la mia curiosità, saper avrei
voluto.*

(Misteriosamente.)

ERNESTO

Parlate, io vi ascolto.

DON PROCOPIO

Vostra sorella è graziosa.

ERNESTO

Lo si dice.

DON PROCOPIO

*Ed io aggiungo ch'essa deve, s'io credo a ciò che mi si
è detto, esser ricca.*

ERNESTO

Ricca? Invero ! in qualità come in virtù.

DON PROCOPIO, contrariato.

O ciel, amato meglio avrei di buoni scudi.

CAVATINA

ERNESTO

*Non v'è, signor, di lei
Beltà più rara al mondo,*

La grâce vit en elle
Et charme tous les cœurs.
Sa voix mélodieuse
Ravit et berce l'âme.
Une céleste flamme
Brille en ses yeux vainqueurs.

Ici, seigneur,
Je vous le dis sans peur,
Vraiment, elle est si belle,
Si douce et si fidèle,
La grâce vit en elle,
Et charme tous les cœurs !

Elle est d'humeur facile,
D'esprit calme et tranquille ;
Son cœur tendre et docile
N'a point de vanité.
Elle aime la nature,
Modeste autant que pure,
Ne veut d'autre parure
Que la simplicité.

Vraiment, seigneur, etc.

N° 5 bis. RÉCIT

DON PROCOPIO, à part.

Je connais d'autres biens qu'à ceux-là je préfère,
Les vertus ont leur prix puisqu'on en parle tant ;
Mais c'est peu comme argent comptant.
Vraiment, je croyais faire une meilleure affaire,
L'avenir m'apparaît plutôt inquiétant.

(Don Procopio reste pensif et boudeur.)

Il suo parlar fecondo
Rapisce a tutti il cor.
Vezzosa, graziosetta,
Ben fatta in ogni parte,
Dall' occhio suo si parte
Lo strale dell'amor.
No, no signor...

Per lei son cose strane,
Anelli e braccialetti
Mantiglie o cappelletti,
Ed altre vanità.
È docile, modesta,
Sta sempre riservata;
Non una passeggiata,
È proprio l'onestà.
No, no signor... ecc.

N° 5 bis. RÉCITATIVO

DON PROCOPIO, a parte.

Io conosco altri beni migliori di questi
Le virtù hanno valore per che lo si dice:

(Con dispetto.)

Ma è poco come denaro contante.
Davvero credevo fare un ben migliore affare.
L'avvenire mi sembra piuttosto inquiètante.

(Don Procopio resta pensoso.)

3

SCENE IX

LES MÊMES, EUFÉMIA, ODOARDO, LE CHŒUR
DES INVITÉS ET DES SERVITEURS, puis BETTINA

FINAL N° 6

LE CHŒUR

Le pays est tout en fête
Pour la noce qui s'apprête ;
Recevez notre humble hommage
Et nos vœux respectueux
Et les compliments d'usage.
Un vivat à l'épousée !
Un vivat au marié !

(Montrant don Procopio.)

Notre hommage
Et les compliments d'usage
Avec nos vœux
Respectueux,
Pour tous les deux.
Souhaitons que don Procopio
Sans retard devienne papa.

DON PROCOPIO

Grâces ! Merci bien.

LE CHŒUR

Qu'avant un an il soit papa,
On le verra.

DON PROCOPIO

Grâces !... Quelle histoire insupportable !

SCENA IX^a.

GLI STESSI, EUFÉMIA, ODOARDO, CORO
DEGL'INVITALI E DOMESTICI, poi BETTINA

FINALE N° 6

CORO

Il paese è tutto pieno
Del vicino sposalizio
Nè mancare al nostro offizio
Noi vogliam d'urbanità.
Qui con musici istromenti,
Se i signori son contenti,
Un evviva alla sposina
E allo sposo si farà.
Prego il ciel che don Procopio
Pria d'un anno sia papà.

DON PROCOPIO

Grazie!

CORO,

Pria d'un anno sia papà.

DON PRECOPIO

Grazie! no non serve!
Che terribile sassata!

LE CHŒUR

Le pays est tout en fête... etc.

ANDRONICO, saluant Procopio.

La rencontre est agréable.

EUFÉMIA, ODOARDO, ERNESTO, ANDRONICO

O bravi, bravo !
C'est parler comme il faut.
Un vivat à la fiancée !
Un vivat au marié !

ERNESTO, s'avançant vers Bettina qui sort du pavillon.

Mais, voici la fiancée.
Qui, joyeuse, vient vers nous.

ANDRONICO

Chère nièce, voici celui que pour époux
Je te destine.

BETTINA, moqueuse.

Oh! monsieur, humblement, souffrez que devant vous
Je m'incline.
Monsieur, je vous salue et m'incline
Devant vous très humblement.

ANDRONICO, à Procopio, boudant.

N'avez-vous rien à répondre ?

PROCOPIO

Je ne sais parler aux dames.

ANDRONICO

Au moins approchez-vous d'elle.

CORO

Il paese è tutto pieno...

ANDRONICO

Voi l'avete indovinato.

EUFEMIA, ODOARDO, ERNESTO, ANDRONICO

Bravi! bravi! in verità
Qui con musici istromenti,
Sei i signori son contenti
Un evviva alla sposina
E allo sposa si farà...

ERNESTO, Bettina si avanza.

Già la sposa a noi sen viene
Tutta grazia e ilarità.

ANDRONICO

Questo, o cara, è quel soggetto.
Che per sposo io ti destino.

BETTINA

Mio signore, a lei m'inchino
Con rispetto ed umiltà.

ANDRONICO, a Don Procopio, che mormora.

Ma voi mutolo qui state!

PROCOPIO

Non so fare complimenti

ANDRONICO

Alla sposa vi accostate!

PROCOPIO, lui tournant le dos.

Ce n'est pas l'instant encore.

ANDRONICO

Singulière indifférence,
Oh ! la froideur inexplicable !
Qu'est-ce à dire ? Singulière indifférence.
Sa conduite assurément
Me semble étrange, très étrange ;
Qu'est-ce à dire ?

BETTINA, EUFÉMIA, ERNESTO, ODOARDO

Le voilà penaud ; déjà, déjà
Il enrage ; tout va bien !

BETTINA, à Odoardo.

Ne crains rien, ô toi que j'aime,
Je te garderai ma foi !
L'imbécile que voilà
Dans son piège se prendra.
Admirable stratagème,
Son embarras est extrême ;
Il ne sait ce qu'il fera,
Le bonhomme se perdra.

ODOARDO

Ne crains rien, c'est toi que j'aime ;
Mon cœur est à toi ;
Oh ! sois sans crainte, ô toi que j'aime !
Mon cœur gardera sa foi.
Il est blême ;
Dans le piège de lui-même
Il se perdra.
Le bonhomme tombera.

PROCOPIO, sur le devant de la scène.

C'est un piège que je flaire,
Tout va mal tourner pour moi,

PROCOPIO, voltandogli le spalle.

Troveremo altri momenti.

ANDRONICO

Che freddezza!
Che sciocchezza!

BETTINA, EUFEMIA, ERNESTO, ODOARDO

Imbrogliato s'è di già,
Imbrogliato s'è di già!

BETTINA, a Odoardo.

Non temer mio dolce amore
Il mio core esulterà.
Freme, sbuffa quel vecchiaccio!
Teso è il laccio come va,
Non temer mio dolce amore...

ODOARDO

Non temer mio dolce amore!
Il mio core esulterà.
Freme, sbuffa quel vecchiaccio
Teso è il laccio come va,

PROCOPIO

Già m'assedia questo è quello
Il cervello se ne va

Je ne sais ce qu'il faut faire.
Dans un piège je suis pris,
Sotte affaire que voilà.
J'en deviendrai fou, ma foi !
On conspire contre moi ;
Sotte affaire que voilà.

ANDRONICO

Ma surprise est extrême ;
D'où vient cet émoi ?
Que veut dire tout cela ?
Dans quel état le voilà ;
    Il se trouble, il est blême,
Je ne sais ce qu'il fera
        Ni dira ;
Que veut dire tout cela ?

EUFÉMIA, ERNESTO

Son angoisse est extrême,
Profitons de son émoi ;
Oh ! sublime stratagème !
Dans le piège il tombera.
Il est blême ; de lui-même.
Dans le piège il se prendra.
Le bonhomme se perdra.

LE CHŒUR

Dans quel embarras le voilà.
Oui, dans ce piège il tombera.
        Il est blême ;
Dans le piège de lui-même
        Il tombera.
        Qu'est cela ?

ERNESTO

Holà ! messieurs, mesdames,
Nous faisons trop triste mine,
D'être gais, n'est-ce pas l'heure, dites-moi ?

Io non so quel che mi faccio
Son nel laccio come va...

ANDRONICO

Non capisco questo è quello.
Il cervello se ne va
Par lo sposo in grand impaccio
Per or taccio e si vedrà...

EUFEMIA, ERNESTO

Già l'assedia questo e quello
Il cervello se ne và
Teso è il laccio come va
Freme sbuffa quel vecchiaccio
Teso è il laccio come va...

CORO

Gia l'assedia questo e quello
Il cervello se ne va
Freme sbuffa quel vecchiaccio
Teso è il laccio come va.

ERNESTO

In somm'amici, signori,
Qui intristiti, che facciamo?
Stare allegri noi dobbiamo,
Non è ver?

3.

ANDRONICO

Il a raison.

ERNESTO

Que la fête
Soit complète ;
Pour la danse et la musique
Préparons tout vivement
Et que chacun ici s'applique
A bien prendre en ce beau jour
Sa part de divertissement.

ANDRONICO, à part.

Tout cela me semble louche ;
Je ne puis en revenir.

PROCOPIO, de plus en plus dépité.

Je vais tomber en syncope,
Je ne sais que devenir ?

BETTINA, EUFÉMIA, ODOARDO, ERNESTO, LE CHŒUR.

La scène est originale
Comment va-t-elle finir ?

ENSEMBLE

BETTINA, EUFÉMIA, ODOARDO, ERNESTO, LE CHŒUR.

Ah ! quel sombre labyrinthe !
La surprise et la contrainte
Ont marqué leur pâle empreinte
Sur son front désespéré.
Quelle mine stupéfaite !
Le pauvre homme perd la tête.
On dirait dans la tempête
Un vaisseau désemparé.
Il a l'air désespéré ;

ANDRONICO

Ne vo crepar.

ERNESTO

Si prepari una gran cena ;
Suonatori quà restate.
Son quà io, non dubitate,
Gran trepudio si farà.
Son quà io, non dubitate,
Gran trepudio si farà.

ANDRÓNICO

Oh! che vero originale!
Muto sempre se ne sta.

PROCOPIO

Nuova sincope mi assale!
Ah! di me che mai sarà

BETTINA, EUFEMIA, ODOARDO, ERNESTO, CORO

Di tal scena originale
La sviluppo si vedrà...

INSIEME

BETTINA, EUFEMIA, ODOARDO, ERNESTO, CORO

Oh! che oscuro labirinto!
Oh ! che strana confusione!
Nongli serve la ragione,
Non si sa raccapezzar.
Combattuto, contrastato,
Non sa più dove ha la testa.
Tra il furor della tempesta
E qual nave in mezzo al mar...

Son esprit semble égaré.
Vraiment, vraiment, il perd la tête.
Il a l'air atterré,
Vraiment navré,
Exaspéré !

ANDRONICO

Sombre labyrinthe
Sur son front me semble peinte
La stupeur et la contrainte,
Son esprit est égaré.
Oui, vraiment il perd la tête ;
On dirait dans la tempête
Un vaisseau désemparé.
En ce moment,
Vraiment, il perd la tête.
Voyez-le donc il a l'air atterré
Il a l'air désespéré,
Exaspéré,
Atterré !

PROCOPIO

Sombre labyrinthe !
Sur mon front doit être peinte
La stupeur de ma contrainte.
Mon esprit est égaré ;
Oui, vraiment je perds la tête.
Je suis comme en la tempête,
Un vaisseau désemparé !
Ah ! quel tourment !
Vraiment, je perds la tête.
Oh ! malheureux, où me suis-je fourré ?
Mon esprit est égaré, désespéré.
Je suis vraiment exaspéré, désespéré ;
Je suis déshonoré !

PROCOPIO

Oh! che oscuro labirinto!
Oh che strana confusione!
Non mi serve la ragione
Non mi so raccapezzar.
Combattuto, contrastato
Non so più dove ho la testa.
Tra il furor della tempesta
Son qual nave in mezzo al mar...

TOUS

O quel sombre labyrinthe... etc.
Quelle mine stupéfaite... etc.

LE CHŒUR, criant.

Souhaitons que don Procopio
Sans retard devienne papa,
Qu'avant un an il soit papa !...
Papa, papa, papa, papa.

(Procopio s'enfuit, levant les bras au ciel, poursuivi par tous les autres. Odoardo en profite pour s'approcher de Bettina et pour lui baiser la main.)

Fin du premier acte.

———

TUTTI

Oh ! che oscuro labirinto
Oh ! che strana confusione... ecc.

CORO

Prego il ciel che don Procopio
Pria d'un anno sia papà
Sia papà, papà!

(Procopio fugge, levando le braccia al cielo, inseguito da tutti. Odoardo
ne profitta per avvicinarsi a Bettina e per baciarle la mano.)

Fine del primo atto.

DEUXIEME ACTE

Même décor que le premier acte.

SCÈNE PREMIÈRE

ODOARDO, puis BETTINA.

N° 7. *SÉRÉNADE*

ODOARDO, sous le balcon du pavillon.

Dans la nuit, ma bien-aimée,
L'haleine embaumée
Des cléments zéphyrs
Jusqu'à toi portera-t-elle
L'écho fidèle
De mes soupirs ?

Tout se tait, dans le silence
Vers toi s'élance
Mon triste cœur.
Mais l'espoir, dont ma pensée
Est caressée
Est-il menteur ?

Une étoile solitaire
A peine éclaire
Les cieux pâlis.
Et sur terre tout repose ;
Ma tendre rose,
Mon chaste lys.

2º ATTO

SCENA I

ODOARDO, BETTINA

Nº 7. SERENATA

ODOARDO

Sulle piume dell'amore
Tu riposi, amato bene!
Se provassi le mie pene
Veglieresti al par di me.

Dormi pur bell'idol mio,
Mentre io canto a ciel sereno.
Ah! sognar potessi al meno
Quanto spasimo per te:

Nella notte bramo il giorno
Per poterti vagheggiare.
Poi la sera sto a cantare
Quanto io struggo e per te moro.

Sur le seuil de ta demeure,
J'attendrai l'heure
De ton réveil...

BETTINA, paraissant au balcon.

Quand amour brûle les âmes
D'ardentes flammes,
Fuit le sommeil.

Je t'écoute et veux entendre
Ta voix si tendre,
Oui, t'entendre toujours.

ENSEMBLE

ODOARDO

O voix si douce, ô voix si tendre,
O mes amours !
Je voudrais toujours t'entendre,
Toujours !

BETTINA

O voix si douce, ô voix si tendre,
Voix des amours,
Je voudrais toujours t'entendre,
Toujours !

(Après la réponse à la sérénade, Bettina sort du pavillon et s'approche
de Don Odoardo.)

N° 7 bis. RÉCIT

PROCOPIO, entrant par le fond sans les voir, à demi-voix,
se parlant à lui-même.

Ah ! mais... On m'a trompé sur la dot, et la chose
Vaut qu'avec Bettina sérieusement je cause.

ODOARDO, à Bettina, apercevant don Procopio.

Chut ! don Procopio, chut !...

Come hai tanto duro il core
Per non moverti a pietà!

BETTINA, al balcone dal padiglione.

Non riposa un cuor che ama
La tua voce mi fà lieta.
Ne mai più io sarò quieta
Fin che tua io non sarò.

ODOARDO, BETTINA

Non riposa un cuor che ama, ecc.

ODOARDO

Addio bel idol mio.

BETTINA, dopo aver cantato esce dal padiglione e si avvicina a Don
Odoardo.

Addio! Addio!

Nº 7 bis. *RÉCITATIVO*

DON PROCOPIO (Entra dal fondo senza vedere Bettina ne Odoardo.
A mezza voce parlando a sè stesso.

Ah! ma m'hanno ingannato sulla dote, e ciò val la
pena di parlarne a Bettina seriamente.

ODOARDO, a Bettina scorgendo don Procopio.

Zitto, don Procopio, zitto!

BETTINA

Il faut vous en aller.

ODOARDO

J'obéis...

BETTINA

Moi je reste et je vais lui parler.

(Elle donne sa main à baiser à Odoardo qui sort par derrière
le pavillon sans être vu par Procopio.)

SCÈNE II

BETTINA, PROCOPIO

N° 8. DUO

BETTINA, allant à Procopio, tout ahuri, insistant sur chaque mot.

Voyez comme je suis bonne :
Car vos torts je les oublie,
Je ne songe qu'aux richesses
Que je pourrais dépenser.
Oui, monsieur, je vous pardonne,
Quand je songe à ces richesses
Dont près de vous je vais jouir :
Je saurai bien les dépenser.

(Mouvement de mauvaise humeur de Procopio.)

Que nous allons nous amuser !

PROCOPIO, prenant le parti de rompre avec elle.

Vous voudrez vous-même rompre
Ce projet de mariage,

BETTINA

Voi dovete andar via.

ODOARDO

Obbedisco.

BETTINA

Sola io resto e gli parlerò

(Bettina dà la mano a baciare a Odoardo che esce per didietro il padiglione
senza esser visto da don Procopio.)

SCENA II

BETTINA, DON PROCOPIO

DUO 8

BETTINA, a don Procopio.

Io di tutto mi contento,
Vi perdono i vostri errori,
All'idea di quei tesori
Che vi voglio consumar.

DON PROCOPIO

Questo bel proponimento
Certo voi vi scorderete,

Lorsque vous pourrez connaître
Ma façon de vous traiter.
Au projet qui vous engage
Vous renoncerez, je gage,
Quand vous saurez ce que je suis
Et l'avenir qui vous attend.

BETTINA

Ma parole !
Pas si folle.

PROCOPIO

Mon humeur est triste et sauvage ;
J'ai des rides plein le visage.

BETTINA, riant.

Qu'est-ce ?

PROCOPIO

Et l'âge m'affaiblit.

BETTINA, même jeu.

Je proteste... poursuivez...

PROCOPIO

Je suis vieux et j'ai des maux,
Des douleurs de toute sorte.

BETTINA, câline.

Je saurai vous bien soigner !

PROCOPIO, à part.

Diable !

Quando ben conoscerete
Il mio modo di trattar.

BETTINA

*Non temete
Favellate !*

DON PROCOPIO

*Già si vede pria di tutto
Che son vecchio e che son brutto.*

BETTINA

Brutto ?

DON PROCOPIO

E come non vi par.

BETTINA

Son freddure, seguitate !

DON PROCOPIO

*Soffro poi certi malanni
Che provengono da gli anni.*

BETTINA

Io so a questo riparar.

DON PROCOPIO

Come ?

BETTINA

Certes, quoi donc encore ...

PROCOPIO

Je suis d'une jalousie...
Ah ! c'est de la frénésie...

BETTINA

C'est que vous savez aimer...
Vous savez vraiment aimer !

PROCOPIO

J'ai parfois la main très leste,
Et je frappe du bâton.

BETTINA, riant.

Le bâton ? mais je l'adore,
Et j'en sais jouer aussi.

PROCOPIO, à part.

Quelle insistance... Est-ce croyable
Sotte aventure ! j'en perds la tête !
Quelle impudence ! quelle insolence !
C'est un vrai diable.
La péronnelle est bien capable
D'oser me battre comme elle dit.
Que dois-je faire ?
Je me sens abasourdi.

ENSEMBLE

BETTINA, à part.

Mais voyez donc ! Il a peur, ce me semble.
Pauvre insensé ! le voilà qui pâlit et qui tremble.

BETTINA

Certo, avanti andate.

DON PROCOPIO

Son, per colmo d'ogni male,
Un geloso il più bestiale.

BETTINA

Dunque voi sapete amar,
Dunque voi sapete amar!

DON PROCOPIO

Ma di peggio anch'il bastone...
Mi diverto adoperar.

BETTINA

Questo è pur la mia passione
Pugni e schiaffi anch'io so dar.

DON PROCOPIO

Cosa mai sento ?
Che donna e questa !
Son sbalordito !
Non ho più testa !
Oltre il denaro
Che vuol sciuparmi,
Questa è capace
Di bastonarmi.
Non so risolvere.
Non so che far

INSIEME

BETTINA

Pien di spavento
Quel l'insensato,

De sa frayeur profiter est facile,
Oui, faisons bien enrager
Cet imbécile,
Car je veux le décourager.
Oui, je veux le faire enrager.
Le vieil avare pâlit et tremble ;
Le vieil avare, il a peur.
De sa frayeur
Profiter est facile.
Oui, je veux le faire enrager,
Le décourager.

DON PROCOPIO, à part.

Ouf ! quelle affaire !
Que dois-je faire ?
C'est un vrai diable ;
La péronnelle est bien capable
D'oser me battre.
Quelle insolence !
Quelle impudence !
J'en perds la tête,
J'en deviens bête.
C'est un vrai diable ;
Elle est capable
D'oser me battre.
Que dois-je faire ?
Non par ma foi,
Je ne sais plus ce que je fais,
Je ne sais plus ce que je dis.
Quelle arrogance !
Je reste coi ;
J'ai devant moi
Un vrai démon, par ma foi !

(Haut.)

Mais, madame.

BETTINA, l'interrompant.

Il faut encore...

PROCOPIO, à part.

Ah ! pauvre moi !

E già avvilito,
Mortificato.
Vecchiaccio avaro non dubitare
Come ti piace ti vo trattare
Ti voglio far disperar.

DON PROCOPIO

Oltre il denaro,
Che vuol sciuparmi,
Questa è capace di bastonarmi.
Che mai sento
Che donna è questa !
Son sbalordito !
Non ho più testa.
Non so che far
Non so che risolvere.
Ma signora...

BETTINA

Ho già capito.

DON PROCOPIO

Vorrei dir !

BETTINA, à part.

La scène est originale ;
Notre avare va crier.
Que je vous dise...

DON PROCOPIO, à part.

Cette femme est infernale.
Elle veut me ruiner.
Quelle sorcière ! Quel démon !
J'en perds la tête tout de bon.
Elle veut me ruiner,
M'assassiner !...

BETTINA

Je suis heureuse et je suis fière
D'avoir su faire
Votre conquête ;
Je sais d'avance
Quelle existence
Pour moi s'apprête
Et quel plaisir.
Oui, chaque jour, au gré de mon désir,
Nous chanterons,
Jouerons et danserons ;
De fête en fête
Tous deux nous irons.
Ah ! que d'amusement,
Oui, vraiment,
Ce sera charmant, charmant ;
Ah ! quand j'y pense,
Je ris d'avance,
Quelle existence
Pour nous s'apprête.
Ah ! quelle fête
Pour nous s'apprête ;
Oui, vraiment,
C'est charmant ;
Quelle fête !

BETTINA

Non, ho finito
La scenetta è originale.
Sta l'avaro per crepar.

DON PROCOPIO

Questa è un demon infernale
Che mi vuol precipitar
Non ho più testa
Oh! che tempesta!
Non so che far!

BETTINA

Sposino amabile
So il mio dover.
Già vado in estasi
Dal gran piacer.
Noi balleremo,
Noi canteremo,
Giorni di gioia
Noi passeremo.

DON PROCOPIO, éclatant.

Allez au diable !
Quelle insolence !
Ni chant, ni danse...
Je n'en veux pas,
Et vous n'aurez, chez moi
Ni fête
Ni plaisir.
N'allez-vous pas finir
De me casser la tête ?
Ah ! cette femme, une vipère,
Une mégère,
En vérité.
Ah ! quelle affaire !
Quelle misère !
N'allez-vous pas enfin vous taire,
Par charité ?
Allez au diable !
Quelle impudence !
Quelle insolence !
Ni chant ni danse
Je ne veux pas de jeux ni de musique,
Je n'en veux pas chez moi.
Quelle tempête !
Rien ne l'arrête...
Ah ! ma tête ! ma tête ! ! !
Ah ! laissez-moi la paix, la paix, par charité !

ENSEMBLE

BETTINA

Je suis heureuse et je suis fière !...

PROCOPIO

Allez au diable !

Bettina rentre dans le pavillon, en riant aux éclats. Pasquino et les
musiciens sont entrés à la fin de cette scène pour donner une aubade
aux fiancés. Ils assistent à la dispute et après la fuite de don Procopio
jugent prudent de s'abstenir.)

DON PROCOPIO

Andate al diavolo,
  Strega insolente!
Non voglio ballo,
Non voglio niente,
Son paralitico,
Non ho più testa,
Non posso reggere!
Oh! che tempesta!
Questa è una vipera
  Che ugual non ha!

BETTINA

Ma via muovetevi che fate là!
Presto, badateci, che fate là?

DON PROCOPIO

Oh! Dio, lasciatemi!
  Per carità!

INSIEME

BETTINA

Sposino amabile...

DON PROCOPIO

Andate al diavolo...

(Bettina entra pel padiglione, ridendo sgangheratamente. Pasquino coi
musici che sono entrati alla fine di questa scena per festeggiare i fidanzati,
assistono alla disputa, dopo la fuga di don Procopio si astengono dal festeggiare.)

SCÈNE III

PASQUINO, les MUSICIENS

Nº 9. CHŒUR

PASQUINO

Qu'on s'éloigne en silence,
Du bruit l'époux a peur,
Le bruit lui fait horreur.
Prenez garde, bouche close !
    Qu'on s'éloigne
    A pas de loups.

LES MUSICIENS

Qu'on s'éloigne... Silence !
Du mystère, qu'on se taise...
Prenons garde, bouche close !
    Qu'on s'en aille
    A pas de loups.
Qu'on ne parle qu'à voix basse ;
    A pas de loups
    Retirons-nous.

(Ils sortent.)

SCÈNE IV

ANDRONICO, PROCOPIO, ERNESTO.

(Procopio entre très effaré, poursuivi par Andronico et Ernesto,
qui sont dans la plus grande agitation.)

Nº 9 bis. RÉCIT

PROCOPIO

Non ! non ! Elle n'est pas mon affaire.

SCENA III

PASQUINO, MUSICI

N° 9. CORO

PASQUINO

Cheti piano!
Ve ne andate!
Che lo sposo
Non vuol chiasso!
Non parlate!
Non fiatate!
Obbedienza s'ha da far!

CORO

Senza strepito partiamo!
Piano, piano a voce bassa
Non parliamo!
Non fiatiamo!

PASQUINO

Non parlate!
Non fiatate!

CORO

Non parliamo!
Non fiatiamo!

SCENA IV

N° 9 bis. RÉCITATIVO

DON PROCOPIO, entra preoccupato, inseguito da don Andronico e
Ernesto che sono molto agitati.

No! No! Essa non fa il mio affare.

ANDRONICO, furieux.

Don Procopio !

ERNESTO, feignant le furieux.

Monsieur ! c'est une trahison.

ANDRONICO

Compromettre ma nièce et troubler ma maison :
C'est trop fort...

ERNESTO

Oui, vraiment, ces manières de faire
Entre gens comme il faut ne sont pas de saison,
Et sur l'heure, parbleu, vous m'en rendrez raison !

(Montrant des pistolets qu'il tenait cachés derrière son dos.)

TRIO Nº 10.

ERNESTO

S'il veut manquer à sa parole
Et nier sa promesse,
Pour régler l'affaire.
Nous avons des armes.
Les pistolets décideront.

(Il brandit des pistolets.)

PROCOPIO

Mais il fait la bête pour m'exaspérer,
Quelqu'autre mari, bientôt se trouvera
Sans doute. Un autre mari?
J'en suis ahuri !
Quand sera fini
Tout ce manège-ci,
Comment me tirer de peine et de souci ?

ANDRONICO, furioso.

Don Procopio!

ERNESTO, fingendo il furore.

Signore, Signore quest'è un tradimento.

ANDRONICO

Comprometter mia nipote e turbare la mia casa
È troppo forte.

ERNESTO

Si, davver, questi modi di fare tra di noi
Francamente sono fuòri di stagion. Per Dio,
Immantinenti mi darà ragion.

(Mostrando delle pistole che teneva nascoste diètro le spalle.)

TRIO 10°

ERNESTO

Se lei di parola,
Mancare vorrà,
La sola pistola
Decider dovrà.

DON PROCOPIO

Ma lei sbalordito
Il capo mi ha già,
Non altro marito
Trovar le saprà,
Stordito son già,
A noi cotal smacco!
Che mai si dirà?

ERNESTO, ANDRONICO

Trop forte est l'offense ;
Sachons-nous venger
De tant d'insolence,
Il faut le corriger.

ENSEMBLE

ERNESTO

C'est trop d'insolence,
Tirons-en vengeance,
Il le faut corriger !
    De son offense,
Vengeance sans merci

ANDRONICO

C'est trop d'insolence,
Tirons-en vengeance,
Il faut le corriger !
    De son offense,
Punissons-le sans merci !

PROCOPIO

Quelle honte, quel affront !
J'en suis déjà tout ahuri !
    Maudite affaire,
    Maudite affaire,
Comment sortir du souci ?

PROCOPIO

Au moins je demande
Qu'on me laisse parler.

ANDRONICO

Faut-il qu'on l'entende
Avant de juger ?
Eh bien, faisons vite,
Voyons vos raisons.

ERNESTO, ANDRONICO

Trattar da briccone
Vendetta si avrà!

INSIEME

ERNESTO, ANDRONICO

Si vendetta si arià.

PROCOPIO

Cotal smacco che mai si dirà,
Si, si stordito son di già.

PROCOPIO

Io so che ho ragione
Nè guardo più in là

ANDRONICO a Ernesto.

Sentiam la ragione !
E tu zitto là !

PROCOPIO

De votre aimable nièce,
J'avais demandé la main
Et j'avais promis de l'épouser
C'est bien certain.
Votre nièce est charmante,
Tout à fait ravissante,
Mais, pour être sincère,
Elle n'est pas mon affaire,
Du tout, ma foi!
Je suis vraiment trop vieux,
Elle est trop jeune et trop belle,
La chère demoiselle
N'est pas faite pour moi.
Elle aime la dépense
Et désire, je pense,
Mener une existence
De faste et de plaisir.
Elle n'a dans la tête
Que luxe et que toilette,
Théâtre, bal et fête,
C'est à n'en plus finir!...
Ainsi, mon cher ami.

(A Andronico.)

Veuillez me bien comprendre,
Vraiment, votre nièce
N'est pas faite pour moi.
Ami, votre nièce n'est pas l'épouse qu'il me faut,
Non, non! ma foi,
Elle n'est pas du tout, du tout, faite pour moi!

ANDRONICO

Qu'osez-vous donc nous dire?
Vous êtes en délire,
Vous me faites rire
Par votre effroi.

ERNESTO

Holà, mon cher monsieur,
Trève de plaisanterie!

DON PROCOPIO

Tranquillo, contentissimo
Da casa io mossi il piede.
Qui giurar prestissimo
Di sposo eterna fede.
Vostra nipote amabile
Ho ritrovato, è vero:
Ma voglio esser sincero,
Ella per me non fa.
Io sono troppo vecchio,
E lei troppo ragazza.
Con lei chi non impazza
È bravo in verità.
Non parla che di spendere,
Non sogna che tesori,
Se questi son favori
Io vi ringrazio, affè.
E scuffie, e capellini
Teatri e poi festini,
Cocchieri, serviteri,
Donzelle e sei lacché!
Amico mio carissimo,
Tenetevi la dote
Che già vostra nipote
No, no, non far per me!

ANDRONICO

È questa la ragione?
Da ridere mi fa.

ERNESTO

Fa insurgere pretesti
Che sono buffonate.

C'est perdre bien du temps
En inutiles discours!
On sait de Bettina l'exemplaire sagesse,
Chacun la cite, en vérité,
Comme un modèle de bonté.
On vante son adresse
Et son activité.
Elle aime la retraite et la simplicité.
C'est une jeune fille
Tirant toujours l'aiguille,
Etonnant sa famille
Par sa docilité.
Et celui qui soupçonne
Une telle personne,
Celui-là déraisonne.
Comme un âne bâté !

(D'un ton menaçant.)

Ainsi, mon cher ami,
Tâchez de me comprendre,
C'est moi qui vous le dis,
Vous ne partirez pas d'ici...

PROCOPIO

Je ne partirai pas ?... Mais... mais...
Mais, monsieur,

(A don Andronico.)

Ecoutez, don... Andro...

ANDRONICO, l'interrompant.

Silence... Taisez-vous.
Prétexte pitoyable,

Parole da risate
Che fanno in ver pièta.
Bettina, lo san tutti
E un fior di economia
Somiglia alla sua zia,
È un specchio di bontà.
Ha fina concezione.
Conosce i suoi doveri
Costumi assai severi
In lei si troverâ.
Non sa che sia denaro;
Travaglia in ogni cosa,
Per spendere è ritrosa,
In casa sempre stà;
Lei sbaglia ma di grosso
Se vuol saltare il fosso.

(Le parlo schietto e tondo.)

Sentire si dovrà.
Amico mio carissimo
Decider si conviene.
Ci pensi, ma bene
Di quà non partirà!
No no non partirà!

DON PROCOPIO

Non partirò mi dice,

ERNESTO

Dico non partirà, zitto!

ANDRONICO

Tacete per pietà! Piano

DON PROCOPIO

Ma, signor... voglio dir
Don Andro...

ANDRONICO

Mi pare veramente
Che rifiutar la sposar

5.

DON PROCOPIO

Pas de raison valable,
Vous refusez sans cause,
Cet hymen qu'on vous propose.
Votre étrange conduite
Me surprend et m'irrite.
Vous méprisez Bettina,
Une femme divine,
Une perle si fine,
Une si blanche hermine !...
Vous la traitez de folle,
De coquette et frivole...
C'est vous montrer plus bête
Encor que malhonnête.
Sans crainte, je proclame
Que c'est un acte infâme.
Vieux butor, imbécile,
Vous m'échauffez la bile.
Silence !... car je me fâche,
Vous n'êtes qu'une ganache !

PROCOPIO

Mais, don Andro...

ANDRONICO

Vous êtes un vieux lâche...

ERNESTO, continuant.

Un être méprisable !
Je vous envoie au diable !

PROCOPIO, essayant de parler.

Seigneur Ernesto...

ANDRONICO

Je suis en colère !

ERNESTO

Enfin, qu'allez-vous faire ?

Senza ragione solida
Non sia una bella cosa.
Mi par che una tal moglie
Sia proprio, una rosetta,
Più cara d'un brillante,
Bella, aggraziata e schietta,
E lei me la disprezza,
E leime la maltratta,
Di più le fa il regalo
Di stolida di matta,
Le dico, don Procopio,
Anch'io lamia ragione :
Il tratto è da villano,
Da senza educazione.
Ringrazi il ciel che sono
Flemmatico, prudente.
E un vile, un insolente.

PROCOPIO

Ma don Andro...

ERNESTO

Lasci parlar chi tocca
Poi vada alla malora!

PROCOPIO

Signor Ernesto...

ANDRONICO

No, taccia!

ERNESTO

In somma che decide?

5..

PROCOPIO

Eh bien, en voilà trop.
En vos filets vous comptiez me prendre,
Mais je saurai
Contre vous me défendre.
Sous les ormes, allez donc m'attendre
Qui rira le dernier, bien rira.
De mon argent, vous aviez bien envie,
Mais le sage se méfie;
Ma sacoche, ma sacoche,
Dans ma poche
Restera.

ERNESTO

Belles manières et beau langage,
Admirez donc le personnage;
Joli serin à mettre en cage,
L'apprivoise qui voudra,
Si Satan te rend justice,
Fine fleur de l'avarice,
Cœur de roche,
Ta sacoche
Crèvera!

ERNESTO, ANDRONICO

Ecoutez ce beau langage,
Admirez le personnage,
Beau serin à mettre en cage;
N'est-ce pas un vrai sauvage?
L'apprivoise qui voudra;
Vilain bonhomme que voilà.
Fleur d'avarice, le jour viendra
Où ta sacoche crèvera.

PROCOPIO

Oui, ma sacoche, ma sacoche
Dans ma poche restera;

PROCOPIO

Or deciderò! Mi vorreste ingarbuliare;
Ma son lesto come un uccello
Mando questo, mando quello
Sul momento a far squartar.
Vi fa gola il mio danaro
Ma il boccone è tropo caro,
E quel pliffe ploffe, plaffe,
Nel mio scrigno ha da restar.

ERNESTO

Che maniera di parlare!
Vero tipo d'ignoranza!
A in segnarle la creanza
Io con lei vorrei provar
Tenga pure il suo danaro
Lo san tutti ch'è un avaro,
E sul pliffe, ploffe, plaffe,
Qualche giorno ha da crepar.

ERNESTO, ANDRONICO

Che maniera da parlare!
Vero tipo d'ignoranza!...
A in segnarle la creanza,
Io con lei vorrei provar.
Tenga pure il suo danaro
Sanno tutti ch'è un avaro.
E sul pliffe, ploffe, plaffe
Qualche giorno ha da crepar

PROCOPIO

Si quel pliffe, ploffe, plaffe

Oui, ma fortune, dans ma poche
Restera.

(Procopio est poursuivi par Ernesto qui brandit ses pistolets et par
Andronico qui l'injurie, en lui montrant le poing. — Bettina a assisté,
du balcon du pavillon, à la fin de cette scène. Elle descend et parait
sur le seuil, quand Andronico a disparu. Odoardo, caché derrière les
bosquets, se démasque et s'avance joyeux vers elle.)

SCÈNE V

BETTINA, ODOARDO

N° 11. DUÉTTO

BETTINA, ODOARDO

Pour moi l'aurore qui se lève
Est fraîche et pure
Comme un rêve.
Et je vois luire
Toute la splendeur des cieux
Dans tes yeux,
Dans le rayon de ton sourire.
Sous les menaces du malheur,
Le désespoir brisait mon cœur;
Mais le nuage passe et fuit,
Le jour chasse la nuit,
Et tout n'est plus que joie et que bonheur!
Oui, c'est l'aurore et le printemps!
Goûtons sans trouble ces doux instants!
O pure ivresse,
Qui ne doit plus finir;
De l'avenir,
Savourons la promesse.
Mon cœur joyeux palpite et bat près du tien.
Mon âme à présent ne craint rien.
Mon cœur bat tout près du tien.

Nel mio scrigno ha da restar.

(Procopio è inseguito da Ernesto che brandisce le due pistole, e da Andronico che l'insulta, mostrandogli i pugni. — Bettina ha assistito dal
balcone del padiglione alla fine della scena precedente. Essa scende e
comparisce sulla porta, quando Andronico è sparito Odoardo nascosto
dietro i boschetti, si mostra e si avanza gaio verso di essa.)

SCENA V

BETTINA, ODOARDO

N° 11. DUETTO

BETTINA, ODOARDO

*Per me beato appieno
Spunta coll'alba il giorno
E mi sorrida in torno
L'amore e l'amistà
Alle tempeste in seno,
Io disperai del lido.
Or le tempeste io sfido,
Più tema il cor non ha.
Vieni al mio seno, stringimi,
Per sempre mio tu sei.
Si dileguar, svanirono
Tutti gli affanni miei.
Palpita il cor nel petto
Ma d'un soave affetto,
Inestinguibile ardente,
Che gioia egual non ha!*

SCÈNE VI

LES MÊMES, ERNESTO, ANDRONICO, EUFÉMIA, PASQUINO, LE CHŒUR.

Nº 11 bis. RÉCIT

ERNESTO, entrant avec Andronico et Eufémia.

Bonne nouvelle, amis! Voici
Que don Procopio d'un pas leste,
  Sans demander son reste,
  S'est sauvé loin d'ici.
Andronico redevient sage,
Et permet votre mariage.
  Vos tourments sont finis,
  Amants, soyez unis.

(Andronico, ahuri, mais enchanté de retrouver la paix et d'avoir trouvé un mari à Bettina, va serrer la main à Odoardo.)

Nº 12. CHŒUR FINAL

Chants de joie et d'allégresse,
Célébrez cet heureux jour;
Qu'elle est douce à leur jeunesse,
La promesse de l'amour!
Chants de joie et d'allégresse,
De ces époux, fêtez la douce ivresse,
Célébrez cet heureux jour.

FIN

———

SCENA VI

Gli stessi, ERNESTO, ANDRONICO, EUFEMIA,
PASQUINO, CORO

N° 11 bis. RÉCITATIVO

ERNESTO
(Entra con Andronico e Eufemia.)

Buone notizie amici
Ecco che don Procopio
Lestamente, senza domandare il resto
È fuggito di qui
Andronico diventa saggio,
E permette di maritarvi.
Son finiti i tormenti
Amanti siate uniti.

Andronico attonito, ma contento di ritrovarsi tranquillo, e di aver trovato
un marito a Bettina va a strigere la mano a Odoardo.

CORO

Viva il conte! l'allegria
Questo giorno coronò
Della gioia della calma
Al fin l'iride spuntò.
Viva il conte !
E serbar si bel contento
Di eterno amor vorrà

FINE

Impr. Paul DUPONT, 144, rue Montmartre. — Paris (2e Arr.). — 1.1.1906 (Cl.)